LES AVANTAGES
DE LA PAIX,
DISCOURS

QUI A REMPORTÉ LE SECOND PRIX
au jugement de l'Académie Françoise.

Par *M.* GAILLARD.

Pax omni anteferenda bono, quæ fcilicet omnem
Exuperat fenfum, & grato fale condit amara.

Scalpt. Carm.

A PARIS,

Chez REGNARD, Imprimeur de l'Académie
Françoife, Grand'Salle du Palais, à la
Providence, & rue baffe des Urfins.

M. DCC. LXVII.

UN Anonyme a fait remettre à l'Académie, au mois de Mars 1766, les fonds néceffaires pour une Médaille d'or, deftinée à celui qui, au jugement de la Compagnie, auroit le mieux traité le fujet fuivant.

Expofer les avantages de la Paix, infpirer de l'horreur pour les ravages de la Guerre, & inviter toutes les Nations à fe réunir pour affurer la tranquillité générale.

Ce prix a été adjugé à la Piéce n°. 17, qui a pour devife,

Humanum paucis vivit genus.

& dont l'Auteur eft M. de la Harpe.

PArmi les autres piéces qui ont concouru, il s'en est trouvé une qui a fait regretter à l'Académie de n'avoir pas de fecond prix à lui donner. Un nouvel Anonyme, inftruit de cette difpofition de la Compagnie, lui a fait remettre les fonds néceffaires pour une autre Médaille. En conféquence elle a adjugé le fecond prix à la piéce n°. 1, qui a pour devife,

Pax omni anteferenda bono, quæ fcilicet omnem
Exuperat fenfum, & grato fale condit amara.

& dont l'Auteur eft M. Gaillard, de l'Académie Royale des Infcriptions & Belles-Lettres.

LES
AVANTAGES
DE LA PAIX.

A Travers les cris de l'ambition &
de la fureur, j'entends une voix
qui s'élève en faveur de l'humanité ; un ami des hommes voudroit enfin
leur perfuader qu'ils font frères ; il appelle la Paix, la Paix, mère des vertus
& du bonheur ; il réclame les fecours de
l'éloquence , il excite la voix des Orateurs par l'appas de la gloire...... Ah !
la véritable éloquence eft celle du zèle
qui l'anime, la vraie gloire eft d'aimer
fes femblables. Il fe cache, ce bienfaiteur
modefte des mortels, cet homme qué les
hommes auroient befoin de connoître,
il fe cache ! & les deftructeurs du monde
étalent par tout l'orgueil de leurs indignes
triomphes !   A iij

Sages, qui les premiers avez fecondé les vues bienfaifantes de ce fage, vous dont l'équité va difpenfer le laurier pacifique qu'il offre à nos efforts, heureux celui qui pourra mériter votre fuffrage & fon eftime! Mais mille fois heureux celui qui inftruit par vos leçons & par vos exemples, enflammé comme vous du faint amour de l'humanité, pourroit en faire fentir les charmes à tous les cœurs, qui détruiroit tous les préjugés cruels, qui renverferoit toutes les barrières que l'orgueil & la folie oppofent à la Paix, & dont enfin le Père des humains daigneroit fe fervir pour éclairer & réunir tous fes enfans!

O mes amis! ô mes frères! *Aimez-vous les uns les autres, car vous êtes tous frères.*

Vérité ufée! dira-t-on. Hélas! qu'elle eft neuve dans la pratique! Quoi! toujours reconnue & toujours foulée aux pieds! Non, je ne cefferai point de la répéter, jufqu'à ce qu'elle foit rentrée dans tous fes droits; j'en fatiguerai les oreilles fuperbes & dénaturées de ce Grand, qui fe croit formé d'un autre limon que moi, de ce Riche qui eft à peine un homme, de cet ambitieux qui dévore la terre & qui en confume les habitans ; je la redirai à ce Miniftre qui prépare la guerre, à ce Roi qui l'ordonne, à ce Général qui la prolonge, à ce Héros éclairé qui la condamne & qui l'aime ; je dirai aux foibles, aux malheureux : *Oui, nous fommes tous frères, fouffrons, mais confervons la dignité de notre être, gardonsnous de flatter, de ramper, de nous avilir.* Je dirai aux Tyrans, aux oppreffeurs, aux perfécuteurs : *Oui, vous êtes mes frères ; tout méchans que vous êtes, je ne puis l'oublier, mais vous, ne vous en fouviendrez-vous jamais ?*

Perfe fouhaitoit pour tout fupplice aux ennemis de la vertu, de voir le bien dont ils s'étoient privés (a) ; les Lacédémoniens montroient à leurs enfans l'horreur du vice étalée fur le front hideux de leurs Ilotes ; montrons d'abord aux hommes, toujours enfans fur leurs intérêts, les maux de la guerre comparés aux douceurs de la Paix. *Premiere Partie.*

Nous examinerons enfuite fi les paffions ont laiffé à la raifon des moyens de fixer la Paix fur la terre, & fi les efforts *Seconde Partie.*

(a) *Virtutem videant, intabefcantque reliâ.*
Perf. Sat. 3.

de quelques hommes vertueux pour affurer ce bienfait au genre humain méritent
d'être fuivis.

PREMIERE PARTIE.

J'ouvre les annales de l'humanité, &
je voudrois les refermer pour toujours.
Quoi ! le premier homme qui éprouve
la mort, la reçoit des mains de fon frère !
Dieu ! détournez les maux dont un tel
crime eft le préfage ! Que ce figne im-
primé fur le front du meurtrier, que ce
caractère effrayant & de vengeance & de
bonté avertiffe les hommes de refpecter
l'humanité jufques chez le monftre qui
donna le premier l'exemple de l'outrager !

Horreurs de la guer-re, L'Univers fe peuple & fe divife, les
familles fe multiplient & fe haïffent, les
fociétés fe forment & s'attaquent, les
grands Empires, fruits des grandes dé-
vaftations, s'élèvent, s'accroiffent & s'é-
croulent, écrafés par leur propre poids.
Egyptiens, Phéniciens, Babyloniens,
Affyriens, Mèdes, Perfes, Grecs, Carthaginois, Romains, Germains, tous
s'arrachent tour à tour le fceptre du
monde ; des Tyrans féroces renverfent
des Tyrans efféminés, des peuples grof-
fiers accablent des peuples corrompus.

La force règne par la guerre. Les Sau-
vages fe détruifent & mangent les vaincus. Les Barbares offrent bien d'autres horreurs. Un Père brûle dans une
grange fon fils rebelle qu'il pouvoit foumettre (b) ; des oncles impitoyables poi-
gnardent leurs neveux tremblans, prefque fous les yeux de leur mère commune ; un Roi affaffine un Roi prifonnier
& jette fon cadavre dans un puits (c) ; la
férocité gagne jufqu'au fexe à qui la foi-
bleffe fert d'ornement & dont l'Empire
eft fondé fur la douceur. Une Reine cri-
minelle égorge fon criminel mari, après
lui avoir fait égorger fon frère ; une
mère pour s'affurer le malheur de régner,
corrompt, divife, empoifonne fes enfans. Avançons. Un Prince (d'ailleurs
pieux !) crève les yeux au fils de fon
frère pour envahir fes Etats, il eft dé-
pouillé & déshonoré par fes propres
fils ; le temps ramène les mêmes révolutions, fans inftruire les hommes, ou, fi

---

(b) Il y brûle en même temps une femme peut-être
innocente, & des petits-enfans fûrement innocens. Cette
femme eft fa bru ; ces enfans font fes petits-fils.

(c) Il faut toujours fous-entendre que la femme & les
enfans du Roi affaffiné ont le même fort. C'eft un ufage
prefque invariable dans ces temps-là.

quelques lumières percent ces ténèbres,
quel en est le fruit ? L'art de se détruire
Guerres
des Peuples
tendans à
la politesse. est réduit en système. Des ambitieux
dictent des loix de sang, des flatteurs
les interprètent, des bourreaux courent les exécuter. O sous combien de
formes horribles & nouvelles la des-
truction se reproduit de toutes parts !
Guerres étrangères, voisines ou loin-
taines, sur la terre, sur l'onde, au-delà
des monts, au-delà des mers, guerres
de succession, guerres de commerce,
guerres de *bienséance*, guerres de *vanité*, guerres d'*intrigue* (*d*), guerres civiles, chefs-d'œuvre de rage, proscrip-
tions, massacres publics & particuliers,
incendies........ Où suis-je ? siècles,
peuples, climats, tout se confond à mes
yeux, je ne vois plus qu'un chaos de

(*d*) J'appelle guerre de *bienséance*, celle que nous
faisons sans un intérêt direct, pour un allié, qui demain
en fera autant pour nous, si par hasard il 'est fidèle.

J'appelle guerres de *vanité*, celle, par exemple, qu'A-
lexandre alla faire à Porus au fond de l'Inde, & peut-
être celle que Louis XIV fit aux Hollandois en 1672.

Je pourrois appeler guerres d'*intrigue*, presque toutes
les guerres ; mais pour fixer cette idée, je donnerois plus
particulièrement ce nom, parmi les guerres étrangères,
à celle que la Ligue de Cambrai fit en 1509 à la République de Venise ; & parmi les guerres civiles, à la guerre
de la Fronde.

crimes & qu'une mer de fang. Rome a
plus d'une fois fes Marius & fes Sylla,
la France fes Armagnacs & fes Bourgui-
gnons, l'Efpagne fes Goths & fes Mau-
res , l'Angleterre fes Rofes cruelles.
Mithridate figne un ordre, & cent mille
Romains font tués de fang froid dans
l'Afie. Un étourdi infulte une femme ,
& tous les François difparoiffent de la
terre de Sicile, leurs enfans brifés fur
la pierre, vomiffant le lait avec le fang,
exhalent leurs innocentes ames dans le
fein de leurs mères déchirées. Un Roi
infenfé veut que la moitié de fes Sujets
aille égorger l'autre dans les bras du fom-
meil; il donne l'ordre, le fignal & l'exemple: oui , l'exemple , oui , lui-même
enivré d'un zèle fanatique . . . . . Je m'arrête, quoi ! le monde a connu des guerres facrées ! O Religion fainte ! ô confo-
latrice du genre humain, eft-ce vous qui
armés ces furieux ? Eft-ce vous qui tranf-
portâtes fous un autre ciel ces brigans
croifés, ces vengeurs forcénés d'un Dieu
qui pardonne ? Non, non, ce font les
hommes, qui, fuperftitieux & impies ,
confacrent par le facrilége leurs paffions
& leurs erreurs. Rien n'affouvit cette
foif de carnage. Talens, génie, lumières,

(marginal note) Guerres de Religion.

c'eſt au meurtre que tout vient aboutir, & ſi l'induſtrie humaine découvre un nouveau monde, la fureur l'aura bientôt dévaſté. Ciel ! avec quelles recherches , avec quels rafinemens d'horreur ! Ici, la cruauté gênée par de certaines conventions, ſembloit connoître quelque frein ; là, elle ſe déploye en liberté, elle goûte à longs traits le plaiſir d'exterminer. Mais peut-être ces ravages paſſent comme des torrens ? Non. La tyrannie faît fixer le crime, & l'eſclavage, fils de la guerre, ſe charge de perpétuer les outrages faits à la nature. O flatteur, voilà ce que tu encenſes, voilà cette gloire des conquérans tant vantée dans tes lâches diſcours & dans tes honteux écrits ! Serpent qui careſſes des tigres , va donc boire avec Alboin dans le crâne ſanglant de Cunimond, va de tes dents cruelles, déchirer avec les Tentyrites (e) les membres crus & palpitans du priſonnier d'Ombos, va diſputer à une mère furieuſe les horribles alimens (f) que ſa rage & ſa faim viennent d'arracher à la nature épou-

---

(e) Juvenal, Sat. 15.
(f) On ſait ce qui arriva aux ſièges de Jéruſalem de Paris & de Sancerre.

vantée , plonge-toi vivant dans l'outre où
Thomyris baigne à plaifir la tête de fon
ennemi mort ! De tels feftins te font ré-
fervés , ces dégoutantes horreurs atten-
dent tes vils éloges.

Mais voulez - vous des temps , des
mœurs, des guerres moins barbares ? Le
plus aimable des tyrans vient d'humilier
le plus orgueilleux des citoyens ; la for-
tune de Céfar abaiffe à Pharfale le deftin
de Rome & de la liberté ; le plus grand,
le plus vertueux des Anglois voit l'im-
pétuofité françoife fe brifer à Crécy
contre fa valeur naiffante, & laiffer devant Poitiers un grand Roi dans fes fers ;
Louis XI & fon bouillant rival viennent
de s'effrayer l'un l'autre dans les champs
de Montlhéri, tous deux alloient fuir,
& tous deux étoient vainqueurs ; le généreux Bourbon, forcé enfin d'être im-
placable, enchaîne à Pavie le Roi trop
vaillant fous lequel il avoit vaincu à Ma-
rignan ; Condé à vingt-deux ans à détruit
l'infanterie efpagnole & battu trois fois
Mercy en fix jours ; l'indomptable Guil-
laume d'Orange, toujours vaincu , jamais détruit, enfanglante l'olive de Ni-
mègue, & forcé de recevoir la Paix, force
Luxembourg à le vaincre encore une

Guerres des Na-tions po-lies.

(14)

fois. Voilà de dignes rivaux, de nobles guerriers, le vainqueur eft illuftre, le vaincu eft augufte, leur fiècle les admira, la poftérité les révère, la politique les cite, la gloire les avoue. Eh bien ! tranf-portez-vous fur un de ces théâtres illuf-trés par tant d'exploits. La mort vient d'y frapper cent mille victimes; l'ami a marché au trépas fur le corps de fon ami, le frère fur le corps de fon frère; ils ex-pirent, l'un en pouffant un foupir dou-loureux vers fa Patrie (g), l'autre, en mordant la terre qu'il croyoit conqué-rir; d'autres, en pleurant fur une époufe chérie, fur une amante adorée, fur de foibles enfans qu'ils laiffent fans appui, Bataille. fur des parens infirmes qu'ils laiffent fans confolation; aux traits dont ils meurent fe joignent en ce dernier moment tous les traits dont leur mort va percer les cœurs qui les aiment. Cet autre plus malheu-reux, écrafé, mutilé, fe débattant & contre la vie & contre la mort, deman-de le dernier coup à la cruauté de fes en-nemis, à la pitié de fes amis, & ne l'ob-tiendra que de l'avidité qui veille pour le dépouiller; tous éclairés enfin fur le

(g) Et dulces moriens reminifcitur Argos.   Eneid.

néant de la gloire, déteſtent les querelles
des Rois, les erreurs des peuples, & la
barbarie des héros.

Ce n'eſt pas tout, j'ai preſque dit :
c'eſt peu ; ſuivez la guerre dans ſa mar-
che cruelle, la contagion & la famine
ſont à ſes côtés, tous les fléaux forment
ſon eſcorte. Entrez dans les hôpitaux,
où l'on vient de traîner ces miſérables
reſtes à peine échappés au carnage, voyez
l'humanité raſſaſſiée de tourmens & de
langueurs, ſuccomber lentement ſous le
poids des maux & ſous celui des ſecours.

Mais un Héros vient ſur nos terres
défier le Héros que nous ſervons ; il faut
mettre un déſert entre lui & nous, il
faut ſacrifier une partie de l'Etat au ſa-
lut de l'Etat entier. Province infortu- Dégât.
née, que la Patrie rejette en gémiſſant,
enfans qu'elle aime & qu'elle opprime,
ah ! ne lui imputez point vos larmes, &
s'il ſe peut reſtez-lui fidèles ! Il faut que
nos mains déſeſpérées brûlent ces murs
que nous ne pouvons défendre, ces vivres
que nous ne pouvons conſommer ; s'il eſt
quelque démon, ennemi des hommes,
qui veille à leur ruine, & qui s'engraiſſe
de deſtruction, qu'il triomphe, il n'y a

d'avantage ici que pour lui feul ; mais
ces malheureux qui voyent le feu dévorer l'afyle de leur mifère & tous les fruits
de leurs travaux , ils s'élancent en ru-
giffant au milieu des flammes & des foldats , pour retenir , pour arracher un ali-
ment néceffaire ; contenus, repouffés, ils
préfentent le fein à toutes les épées , ils
s'épuifent en efforts fuperflus ; ce font
leurs concitoyens , leurs défenfeurs qui
les traitent ainfi ; ils n'ont pas même,
dans leur défefpoir , le trifte droit de
haïr leurs oppreffeurs.

Siège, fac de Ville. Une valeur téméraire a triomphé de
la réfiftance d'une ville fidelle ; les biens,
la vie, l'honneur des vaincus, tout appar-
tient au vainqueur. Sa pitié s'empreffera
fans doute de confoler ces martyrs du
devoir, de ranimer ces fpectres deffé-
chés par la faim ? Non. Le foldat vient
d'acquérir le droit illimité de faire du
mal, il va l'exercer fans mefure. Le glaive
s'abreuve des reftes d'un fang glacé,
le feu confume ce que le brigandage
n'a pu abforber, les ruines écrafent des
vieillards, des enfans, que le fer laffé a
dédaigné de moiffonner ; une inconti-
nence féroce abufe de tout fexe & de
tout âge, la nature outragée par la
cruauté,

cruauté, l'est encore plus par le plaisir (*h*); Va maintenant, Panégyriste flatteur, chante la gloire des héros.

On a dit que Trébie & les Mânes de Flaminius, Cannes & l'ombre de Paul Emile environnoient & gardoient An-nibal (*i*) à la table de ses ennemis ; que Rocroy, Fribourg, Nortlingue & Lens suivoient Condé à Chantilly ; ce cortége étoit imposant sans doute, ces deux hom-mes avoient servi leur Patrie ; mais (que la gloire me le pardonne !) j'eusse aimé mieux voir assises à leurs côtés, la mo-dération, la justice, l'image du bonheur public ; j'eusse aimé mieux voir la Paix fertiliser sans éclat les campagnes dé-vastées par leurs conquêtes. Je voudrois que le doux, le vertueux Turenne eût refusé sa main au dur Louvois pour l'em-brasement du Palatinat, je voudrois pou-

Parallèle des Pacifi-cateurs & des Con-querans.

(*h*) Sont-ce les mœurs des Cannibales que je viens de peindre ? Non : ce sont celles des Nations polies Je n'ai rien dit que les Loix de la guerre n'autorisent, & que le droit des gens ne permette.

(*i*) Tot bellis quæsita viro, tot cædibus, armat Majestas æterna ducem.

Cannas & Trebiam antè oculos, Thrasymenaque busta, Et Pauli stare ingentem miraberis umbram.

Sil. Ital. de Bello Punico. lib. 2.

B

voir effacer de la vie du grand Condé
ce mot inhumain (*k*) qui lui échappe dans
l'ivreſſe du carnage de Seaef, je voudrois
que l'humanité fût ſur - tout reſpectée
par ceux qui l'honorent. Laiſſons le barbare Sylla inſulter aux cris des malheureux qu'on maſſacre par ſes ordres, trou-
vons toujours les pertes de l'humanité
affreuſes, irréparables, & plaignons-la du
moins, ſi nous ne pouvons la ſoulager.

J'oſerai le dire encore , je voudrois
que Fleury, que Walpole, ces Miniſtres
ennemis de la guerre, euſſent plus de part
à l'eſtime publique, je voudrois, malgré
Saint Evremont, que la Paix de Weſtphalie & celle des (*l*) Pyrénées, élevaſſent
Mazarin au-deſſus des Guerriers : ſur-tout
je lui érigerois des autels, lorſque, jeune
encore, inconnu & ſans autre autorité
que celle de la raiſon, il s'élance (*m*) entre

(*k*) *Une nuit de Paris remplacera cela.*
(*l*) Il me ſemble que l'humanité ne peut ſonger ſans
plaiſir & ſans reconnoiſſance à tant de haines étouffées,
à tant d'intérêts conciliés, à tant de droits fixés par le
traité de Weſtphalie. C'eſt au traité des Pyrénées que la
Maiſon de France eſt redevable de ſes droits à la Monar-
chie d'Eſpagne. Pourquoi deux batailles gagnées feroient-elles un plus grand nom que ces deux traités mé-
morables ? C'eſt qu'apparement les hommes aiment à être
tués.
(*m*) Cet évènement ſi glorieux pour Mazarin, & qui

deux armées prêtes à combattre ; criant :
Vous êtes hommes, vous êtes frères, je
vous défends au nom de l'humanité d'ofer
vous égorger. Mais . . . . O injuſtice humaine ! O hazard des réputations ! On
ſe ſouvient que Mazarin trompa les hommes, on oublie qu'il les déſarma.

Diſpenſateurs de la Renommée , con-
noiſſez le prix de votre encens & la dignité de vos devoirs, Hiſtoriens, Orateurs,
Poëtes , plaidez toujours la cauſe toujours trahie de l'humanité ! O Virgile ! ne
flatte point Auguſte , n'égare point ſa
vertu ! Que parle-tu de (*n*) foudres lancées
ſur les bords de l'Euphrate ? Ah ! qu'il
ſe borne à fixer la Paix & les Arts ſur
les bords du Tibre, ou ſi ſa noble ambition veut embraſſer l'Univers, qu'il l'enchaîne donc par les bienfaits. Oui, Cé-

---

n'a point été aſſez célébré , arriva le 26 Octobre 1630
devant Caſal. Spinola commandoit les Eſpagnols ; le
Maréchal de Schomberg les François : Mazarin ſépara
les armées comme s'il n'eût ſéparé que deux combat-
tans , il ménagea une trève, qui , par ſes ſoins , fut bientôt ſuivie de la Paix.

(*n*) . . . . Ceſar, dum magnus, ad altum
Fulminat Euphratem bello ; victorque volentes
Per populos dat jura ; viamque affectat Olympo.
     Georg. l. 4.

far, c'eſt par là que ta route eſt tracée
vers l'Olympe. Le bonheur, voilà la Loi;
les bienfaits, voilà les fers qu'il faut donner aux Parthes & aux Germains. Que
l'amour te rapporte les drapeaux arrachés
à la haine, venge Craſſus, rends heureux
ſes vainqueurs. Ne redemande plus aux
Manes humiliés de Varus les légions que
ton orgueil ſeul immola par les mains
d'Arminius. Pourquoi irritois tu dans
leurs repaires ſanglans ces lions qui doivent un jour dévorer ton empire? Le fer
ne peut percer ces forêts immenſes, mais
la bienfaiſance pourroit y pénétrer : la
Paix rendue aux Nations pourroit en
changer la face ; ces champs ſeroient cultivés, ces landes défrichées ; le reſpecta-
ble Laboureur nourriroit de ſes bras ro-
buſtes des Rois qui le protégeroient, des
Peuples qui l'honoreroient ; la terre équi-
table fourniroit à d'innombrables habitans une ſubſiſtance aiſée, le ſol ingrat
& rebelle céderoit aux efforts de l'induſtrie encouragée, le ſable infertile
ſeroit forcé de produire, ces montagnes ſe couvriroient de futaies majeſ-
tueuſes, ces côteaux de vignes exquiſes,
ces prairies de troupeaux immenſes ; des
Cités floriſſantes orneroient ces déſerts

Avanta-
ges de la
Paix.

étonnés ; des ports heureux , vivifiant ces plages ftériles , recevroient les richeffes étrangères pour les répandre. Les mers libres , les fleuves unis par des canaux , les Empires traverfés par des routes com- modes , feroient rouler rapidement d'un bout du monde à l'autre les productions diverfes , le fuperflu refpectif & l'abon- dance univerfelle. Le commerce des ef- prit plus vif , plus animé ; la commu- nication des lumières plus vafte & plus prompte ; les talens dirigés vers le bien général ; les procédés des Arts corrigés & fimplifiés ; les fecrets de la nature dé- couverts, publiés, devenus le tréfor com- mun des Nations ; les cœurs par-tout rap- prochés ; les mœurs par-tout adoucies ; l'amour de la Patrie étendu, ennobli par l'amour de l'humanité . . . . Ah ! repo- fons-nous fur ces riantes images , elles rafraîchiffent l'ame comme une dou- ce rofée penètre le fein de la terre al- térée . . . . Songes heureux , trompez moi toujours , & que la trifte vérité ne revienne plus m'entourer de héros & de victoires !

O Nations ! O Familles difperfées fur ce globe , branches de la famille uni- verfelle, enfans du même père , ouvra- Motifs de réunion pour les peuples d:

vers , & pour tous les hommes. ges du même Dieu, fortez du cercle des petites vues & des petits intérêts ; élevez vos idées , planez fur les temps & les lieux , voyez les hommes toujours égaux par la naiffance, par la mort , par le malheur qui remplit l'intervalle de ces deux points ; confidérez l'imbécillité de l'enfance , les tempêtes de la jeuneffe , les troubles de l'âge mûr, les regrets de la vieilleffe, les langueurs de la caducité ; le mal phyfique qui attaque nos jours, le mal moral qui les empoifonne, voyez que tout homme a befoin de tous les hommes , & concluez que leur intérêt éternel eft de fe réunir, de s'aimer, de raffembler leurs forces & leurs reffources.

L'impétueux Xerxès roule au fein de la Grèce le torrent de l'Afie en armes ; il s'arrête, il contemple du haut d'une montagne ces guerriers amoncelés comme les flots, une grande penfée vient faifir fon ame : *Encore peu de luftres , & le temps aura dévoré cette multitude.* Il s'attendric, des larmes coulent de fes yeux ... Arrête ! la nature te parle, tu l'entens, & tu fais la guerre ! L'humanité défavoue tes larmes, tu n'es pas digne de pleurer fur elle. Pourfuis ta courfe. Avec

l'infame défir de nuire, tu n'en auras pas
même le méprifable pouvoir. Va, fuper-
be enfant, étale à des enfans l'orgueil-
leufe petiteffe de tes grandeurs & l'ef-
frayante fragilité de ta puiffance ; va dans
tes jeux infolens châtier l'Hellefpont,
qui dans fes jeux terribles a englouti ta
flotte ; frappe l'élément aveugle & in-
fenfible, fui devant des hommes, & va
tomber fous les coups d'un efclave !

Ainfi puiffent périr tous les ennemis
de la Paix ! Mais la Paix pourroit - elle
un jour fe voir fans ennemis ? C'eft ce
qu'il faut examiner.

SECONDE PARTIE.

N'avons-nous pas affez vécu fous l'empire de la force ? Ne feroit-il pas temps
de vivre enfin fous l'empire de la raifon ?
(o) Défenfeurs de la Patrie, vengeurs généreux de vos frères, qui pourroit vous
refufer fon admiration, fon amour, fa
reconnoiffance ? mais plus votre fang
eft précieux, plus l'auteur d'une guerre

(o) M. *Pen*, dit l'Auteur de l'efprit dès Loix, eft un
véritable Licurgue, qui a eu la Paix pour objet comme
l'autre a eu la Guerre. *l.* 4. *c.* 6.

injufte (*p*) eft coupable. La juftice des hommes n'a point prononcé de peine contre lui, quel fupplice eût pu expier un tel crime ? Dieu n'en a commis qu'à lui feul le châtiment ; il le tient en réferve dans le tréfor de fes vengeances éternelles, & l'enfer feroit nécef-faire, quand il n'auroit point d'autre objet.

Oui, dit-on, la guerre eft horrible, mais elle eft inévitable.

Ah ! s'il eft ainfi, rompons tous les nœuds de la fociété, que l'homme fuie à l'afpect de l'homme. Cavernes fombres, forêts profondes, recevez-nous, cachez-nous les uns aux autres, fauvez-nous de l'horreur d'être égorgés par nos frères, de l'horreur plus grande de les égorger !

Mais pourquoi donc la guerre feroit-elle inévitable ?

Eft-ce par le délire des paffions ?

Nous examinerons bientôt s'il eft im-poffible de les foumettre au frein.

_____

(*p*) Remarquons qu'il n'y a point de guerre qui ne foit injufte, au moins d'un côté.

Quand les Rois font armés, il en eft un coupable,
Souvent ils le font tous.

Eſt-ce que la guerre ſeroit un moyen (q) ſûr de remplir l'objet de la politique?

Quel eſt-il cet objet? La poſſeſſion paiſible (r). Eh bien ! Le livre de l'hiſtoire eſt ouvert, montrez-moi cet objet une ſeule fois rempli par la guerre : j'y vois le contraire écrit en lettres de ſang à chaque page, je vois le monde tourner ſans ceſſe dans un cercle de viciſſitudes fu- neſtes & de variations ruineuſes. Tous

La Guerre inutile au- tant qu'- horrible.

Elle ne remplit point l'ob- jet de la po- litique.

(q) Cette queſtion pourroit être pouſſée plus loin. La Guerre étant un moyen affreux, il faudroit que ce fût abſolument le ſeul moyen de remplir l'objet politique. Mais on n'en demande pas tant. On demande ſeulement ſi c'eſt un moyen efficace, & l'expérience de tous les ſiècles démontre que non.

(r) La politique eſt juſte, ou elle eſt injuſte. Injuſte, elle veut conquérir ; juſte elle veut conſerver. S'il ne s'a- giſſoit que de conquérir ou de conſerver pour le moment, il faudroit bien que la Guerre remplît l'un ou l'autre objet ; mais on veut avec raiſon s'aſſurer une poſſeſſion paiſible, & voilà l'objet que la Guerre ne remplit jamais. Si la Guerre laiſſe deux Puiſſances rivales au même point relatif, il eſt évident qu'elles n'ont fait que s'affoiblir & ſe ruiner en pure perte ; ſi l'une des deux Puiſſances a un avantage marqué, l'autre fait ce qu'on appelle *une Paix honteuſe*, c'eſt-à dire une Trève perfide pour ſe préparer à une Guerre plus heureuſe ou pour attendre des conjonctures plus favorables. Si enfin l'une des deux Puiſſances détruit l'autre entièrement, elle ne tardera pas à être détruite ou conſidérablement affoiblie à ſon tour, ſoit par la jalouſie de ſes voiſins, ſoit par les vices intérieurs qui minent ſourdement les Etats trop vaſtes.

font vainqueurs, tous font vaincus. Annibal fait trembler Rome, Scipion détruit
Carthage; Henri V règne à Paris, Louis
VIII à Londres, Pierre I fuit devant
Charles XII, Charles XII devant Pierre I.
On eut autrefois la manie des grands Empires. L'état vaincu, devenu un cimetiére,
accroiſſoit à l'Etat Vainqueur, devenu
un défert. Je ne vois-là que des pertes de
toutes parts. Il eſt clair que les Etats ſub-
jugués ont tout perdu, & que la guerre n'a
pas été pour eux une ſauve-garde ſuffiſan-
te. Mais l'état vainqueur, qu'a-t-il gagné,
ſi ce coloſſe ne s'eſt formé de la ſubſ-
tance de cent Royaumes engloutis, que
pour périr plus infailliblement & plus
promptement en proportion de ſon im-
menſité? Or c'eſt la révolution que l'Hiſtoire ramène à chaque pas, & la Philo-
ſophie en voit aiſément les cauſes dans
l'origine violente de cette puiſſance; dans
la diſcordance des parties qui compo-
ſoient malgré elles ce tout bizarre; dans
l'impoſſibilité de porter le ſang & la vie
juſqu'aux extrémités d'un ſi vaſte corps;
dans l'indifférence pour une Patrie, qui
commune à tous, n'eſt propre à perſonne;
dans l'amour de la nouveauté, ſuite de
cette indifférence; dans l'amour de la li-

berté , fentiment inné que la tyrannie n'étouffe jamais ; dans les vices , enfans du luxe, qui infectent toujours plus un grand état qu'un petit ; dans la contagion de l'exemple, qui multiplie les Conquérans , & les arme les uns contre les autres.

Alexandre paroît. *La terre*, dit le grand livre , *fe tut devant lui.* O filence de terreur & de mort! A-t-on vu le monde fe taire ainfi devant Titus ! Qu'arrive-t-il de ce bruit & de ce filence ? Alexandre meurt à trente - trois ans , fon Empire meurt avec lui : c'étoit bien la peine de le former.

Ses Chefs , dit le même livre , *prirent tous le Diadème après fa mort, & les maux fe multiplièrent fur la terre :* c'étoit bien la peine de le détruire.

O Rome, ambitieufe & injufte Rome ! qu'on voit avec tant de plaifir humiliée par les Samnites, prife par les Gaulois, étonnée par Pyrrhus, effrayée par Annibal, fatiguée par Mithridate, déchirée par tes propres enfans ; en vain, dans ton projet fuivi d'envahir l'Univers, ta politique épuife tous les moyens de force pour conquérir, tous les moyens d'adreffe pour

conferver, le droit du glaive t'a foumis
les Nations, le droit du glaive te fou-
met aux Barbares (s).

. O Charlemagne, ô le plus grand de
nos Rois! avec quel effort tes bras victo-
rieux joignent à l'Empire François la
Germanie, l'Italie & l'Efpagne! Placé au
centre, mais toujours forcé de courir
aux extrémités, tu as trop vaincu pour
n'avoir pas toujours à vaincre, tu meurs
en combattant; l'Univers fait le fort de
ton Empire & de ta race (t).

(s) On ne parle point ici de toutes les révolutions
de détail, de tous les troubles intérieurs qu'entraîna, &
que devoit entraîner l'immenfe étendue de l'Empire
Romain.

(t) Ces exemples n'ont point été choifis; on pourroit
expliquer par les mêmes raifons ou par des raifons femblables, la chûte de tous les grands Empires, & prouver
que cette chûte étoit néceffaire. Mais il faut expliquer
ce qu'on entend ici par un grand Empire. C'eft une Puiffance qui éclipfe ou abforbe toute autre Puiffance,
qui menace évidemment la liberté de fes voifins, que
rien ne balance, qui femble exifter feule, & ne laiffer
aux Etats plus foibles, qu'une exiftence précaire, toujours prête à ceffer. Tels étoient les Empires de Cyrus &
d'Alexandre, tel étoit l'Empire Romain. La Ruffie, la
Turquie, & les vaftes Empires de l'Afie, ne font point
dans le même cas, parce que chacun de ces Etats eft ba-
lancé par d'autres Etats à peu près égaux; l'Afie en effet
paroit avoir fa balance naturelle auffi bien que l'Europe,
& c'eft peut-être ce qui fait fubfifter ces Empires. Mais il
eft toujours vrai que plus ils font vaftes, plus au dehors
ils donnent de prife aux invafions, plus au dedans les ref-

Laiſſons les petits politiques attribuer ces changemens à des cauſes paſſagères & bornées ; remontons aux Loix éternelles, univerſelles, nous verrons que le démembrement des Etats trop vaſtes eſt néceſſaire au jeu de la machine politique, comme l'écarnement des cubes le feroit au ſyſtème phyſique du mouvement dans le plein.

Mais ces idées gigantefques d'Empire du monde, de Monarchie univerſelle, font abandonnées. En Europe fur-tout, les Etats plus égaux, plus bornés, comprimés par une gravitation réciproque, ne s'élancent plus guères au-delà de leurs limites ; ils ſe balancent, ils s'agitent ſans ſe détruire entièrement. Unis par mille nœuds, la difcorde ingénieufe tire de ces nœuds même & des droits compliqués qui en réfultent, des femences de haine & des principes de guerre. On n'engloutit plus des Empires, on s'arrache une Ville, un Bailliage ; deux gran-

---

forts du Gouvernement font détendus & les Loix mépri-
fées. » Tandis que tout peut être nerf, force & .ction
» dans une petite Republique, un grand Empire paroît
» frappé de Paralyſie, » a dit un excellent Ecrivain dans
un excellent Ouvrage. (Entretiens de Phocion, quatrième
entretien.)

des Puiſſances prennent , perdent , re-
prennent une petite Province , & toutes
deux avec le ſecours des mêmes alliés ,
qui, ſous prétexte d'empêcher l'aggrandiſſement du plus fort, ou de s'aguerrir ,
parce que leurs voiſins s'aguerriſſoient,
ſont venus prendre part à la querelle, &
la rendre générale. Ils ont mille fois paſſé
de l'un des partis à l'autre ; les intérêts
ont tellement varié, qu'on ne les recon-
noît plus, la guerre a changé de forme
& d'objet, mais elle ſe fait toujours,
les bras tombent enfin de fatigue & d'é-
puiſement ; on fait des traités, on les
rompt, on épie un moment de ſommeil
ou de langueur dans ſon ennemi , on le
ſurprend, on eſt ſurpris, parce qu'on dort
ou qu'on languit à ſon tour, ou parce
que des ligues nouvelles prévalent ſur
les anciennes (u). Mais ſans parler du
ſang inappréciable des hommes, qui cal-
culeroit ce qu'ont coûté ces guerres
pour ne rien décider, verroit avec effroi
les plus vaſtes Etats abymés dans cette
petite Province, dont rien n'aſſure en-

(u) A peine peut-on compter combien de fois Gènes ,
Milan, Parme , Naples , &c. ont changé de domination
dans l'eſpace de trois ou quatre ſiècles.

core la propriété à son possesseur.

Voulez-vous cependant revoir de plus grands objets de cupidité ? Le partage du nouveau monde trouble plus que jamais l'ancien. La fureur des grands Empires, plutôt réprimée qu'étouffée en Europe, ne demande qu'à renaître en Amérique. La Monarchie universelle cherche à se reproduire sous les noms d'Empire de la mer, de commerce exclusif. Ce nouvel ordre de choses accélère encore la ruine des Etats, étend le domaine de la guerre & multiplie les têtes de cette hydre ; il faut combattre à la fois dans toutes les parties du monde, & sur toutes les portions de l'élément qui les sépare. Voilà comment la guerre remplit l'objet politique. Non moins inutile qu'horrible, non moins l'opprobre que le fléau de l'humanité, les passions seules la perpétuent.

Voyons si la raison peut enchaîner les passions.

Passions seule cause de la guerre.

Les guerres naissent des passions, les passions des intérêts. On peut examiner ces intérêts & ces passions, ou chez les peuples, ou chez les Rois.

Plus les intérêts sont pressans & vivement sentis par les peuples, plus en général les guerres doivent être cruelles ; de-là peut-être cette violence acharnée des guerres de Religion , où chacun croit combattre pour un grand intérêt qui lui eſt propre. Dans les guerres ordinaires de la politique & de l'ambition , les peuples ont rarement un intérêt bien ſenſible , à moins qu'elles ne ſoient défenſives, car alors c'eſt pour ſoi , c'eſt pour les ſiens que chacun combat: eh! qui ne deviendroit un héros , quand il s'agit de tout ce qu'on aime ? O mon père ! je ne ſouffrirai pas que d'indignes fers flétriſſent ton auguſte vieilleſſe. O vertueuſe épouſe ! un ſoldat impie ne profanera point notre ſainte union. Mes enfans , vous jouirez de ces biens que je vous ai acquis, de ces champs que j'ai cultivés ; cette cabane que j'ai conſtruite , vous fera conſervée , ces arbres que j'ai plantés vous couvriront de leur ombre; je mourrai pour vous défendre, & ſi l'oppreſſeur triomphe , du moins je n'aurai pas vu vos malheurs.

Un intérêt ſi tendre n'anime point les ſoldats de l'aggreſſeur, ils obéiſſent ſans empreſſement, ils maſſacrent ſans haine ; ſi quelquefois la politique les enflamme d'une fureur factice, voulez-vous voir à quoi

(marginal note:) Non les paſſions des peuples.

quoi tient l'illufion ? Les foldats de Céfar
vont combattre en Efpagne ceux de Pé-
treïus ; leurs Chefs les ont enivrés de haine, leurs cœurs ne refpirent que le carnage, leurs cris appellent le fignal.... Non,
infenfés, non vous ne vous haïffez pas !
un moment de trève va vous dévoiler le
fond de vos cœurs, la tendreffe y renaît,
les deux camps fe confondent, on s'em-
braffe, on pleure de joie & de douleur,
on détefte la guerre civile ; ô mon père,
mon frère, mon ami, quoi ! nous allions
nous percer le fein ! Mais le cruel Pé-
treïus paroît (x), il fait fiffler de nouveau les ferpens de la difcorde, il rap-
pelle les meurtriers au drapeau, la trom-
pette fonne, ces malheureux courent
s'égorger en frémiffant.

Les haines des Nations rivales n'ont
pas de fondemens plus folides ni de ra-
cines plus profondes. Voyez les Anglois
& les François réunis fous le même drapeau, par Élifabeth & Henri IV ; voyez
l'Efpagne recevoir des François pour
Maîtres.

Les intérêts, les paffions des Rois,
voilà le principe de la guerre. Mais les

Mais les
paffions
des Rois,

(x) Lucan. Lib. 4.

C

Rois, combien on les trompe ; combien
ils fe trompent eux-mêmes fur ces paffions & ces intérêts ! ils ne haïffent point
les peuples qu'ils vont opprimer, ils ne
défirent pas même la Province qu'ils vont
conquérir ; fa poffeffion, fans ajouter à
leur bonheur , ajouteroit aux embarras
du Thrône ; la guerre d'ailleurs ne leur
en affure ni la conquête ni la conferva-
tion , nous l'avons vu , & ils le favent.
Mais combien d'idées étrangères , éloi-
gnées, entrent dans la compofition de
l'idée qui les détermine à la guerre ! Splen-
deur de la Couronne , droits prétendus
inaliénables, qu'on croiroit honteux d'a-
bandonner, vain defir d'une vaine gloire........ Des paffions excitées par des
motifs fi foibles, feroient elles invinci-
bles ? Non, ofons ne pas défefpérer de
la nature humaine , ofons reconnoître
que la Philofophie, dont les abus même
atteftent les progrès, pénètre infenfible-
ment jufques dans le cabinet des Minif-
tres, jufqu'à la Cour des Rois, & que
le vœu de Marc-Aurèle eft en partie
exaucé. Le malheur des hommes n'illuftre plus tant les Princes (*y*). Les Con-

(*y*) Comparez les fiècles, vous verrez que les idéea

quérans, dont les vertus n'ont pas effa-
cé les exploits, Attila, Genghiskan, Ta-
merlan, ne font reftés dans la mémoire
des hommes que comme les tempêtes &
les tremblemens de terre. Cyrus feroit
confondu parmi ces fléaux, s'il n'eût fait
que fubftituer l'Empire des Perfes à celui
des Medes ou à celui des Babyloniens ;
il eft grand, parce qu'il fut jufte & bon
autant qu'un conquérant peut l'être. Eft-
ce le deftructeur de Tyr, de Thèbes, de
Perfépolis qu'on admire aujourd'hui dans
Alexandre? C'eft le héros généreux qui
couronne la fermeté de Porus, qui ref-
pecte le malheur de Darius, la douleur
de fa mère, la beauté de fa femme, l'in-
nocence de fes filles, qui venge fur le
perfide Beffus ce Roi lâchement trahi,
qui veut venger fur lui-même l'indifcret
Clitus, qui fent l'amitié, qui l'enno-
blit, qui dit à Syfigambis: *vous ne vous
trompez point, Epheftion eft auffi Alexandre* (z). On a prefque oublié que Ti-

---

fur la gloire fe réforment, & que l'humanité a gagné
quelque chofe au moins dans la théorie , mais le paffage
de la théorie à la pratique ne fe franchit pas en un
jour.

(z) Pardonnons au même Alexandre d'avoir foumis
les Bactriens, puifqu'il abolit chez eux l'horrible ufage

C ij

tus accabla les malheureux Juifs, que Trajan triompha des Parthes & des Germains, que Marc-Aurèle diffipa je ne fais quels Quades & quels Marcomans : on fe fouviendra toujours que ces Princes furent par leurs bienfaits. les images de la Divinité.

Avouons-le pourtant. Les idées pacifiques n'ont pas germé dans toutes les têtes, un vieux refpeĉt pour la gloire des armes entraîne le vulgaire, & décide encore de quelques réputations modernes, mais je crois voir de fiècle en fiècle une lente & pénible fucceffion d'efforts, tendans à la Paix générale. On eft parvenu à former un droit des gens trop imparfait (a) fans doute ; fyftème de l'équilibre, aĉtes de partage, Pragmatiques-Sanĉtions, Traités garantis par les Puif-

---

de faire dévorer les Vieillards tout vivans par de grands chiens; pardonnons à Gélon, Roi de Syracufe, d'avoir vaincu les Carthaginois, puifqu'il fit avec eux ce traité admirable, où ftipulant leurs intérêts & ceux de l'humanité, il exige qu'ils renoncent à la coutume d'immoler des enfans.

(a) L'efprit général de ce droit des gens . eft de faire dans la Guerre le moins de mal, dans la Paix le plus de bien poffible. Comment s'eft-on arrêté dans cette route heureufe ? Comment n'a-t-on pas compris que le droit des gens ne pouvoit abfolument admettre l'Etat de Guerre ?

fances, tout eſt tenté, mais ſans ſuccès.
Pourquoi? c'eſt que les moyens ne ſont
point proportionnés à la fin. Le ſyſtème
de l'équilibre eſt un ſyſtème de réſiſtan-
ce, par conſéquent d'agitation, de choc
& d'exploſion (*b*).

Quant aux traités particuliers des Rois, s'ils ſont toujours violés, c'eſt qu'ils peuvent toujours l'être impunément. Il faut que les hommes ſoient forcés à être

Moyens d'enchaîner ces paſſions, & de rendre la Paix éter-nelle.

(*b*) Le premier des intérêts eſt de n'être pas détruit. On aime mieux une exiſtence pénible qu'une inexiſtence abſolue ; voilà ce qui a tant accrédité dans tous les temps le ſyſtème de la balance, qui peut du moins empêcher quelquefois la deſtruction des Empires. Les Ligues des Grecs ſi connues, n'avoient point d'autre objet. C'eſt dans le même eſprit qu'Annibal cherchoit à ſoulever les Antiochus, les Pruſias, les Philippes contre l'énormité de la Puiſſance Romaine, & on ſait que le ſyſtème de l'équilibre a été l'objet favori de la politique moderne en Europe. Mais ce ſyſtème a deux grands inconvéniens : l'un qu'il entretient l'Etat de guerre au lieu de le faire ceſſer ; l'autre qu'il y a toujours une Puiſſance qui ſe charge de tenir la balance, pour la faire pencher de ſon côté, juſqu'à ce que ſon aggrandiſſement avertiſſe ſes voiſins de tourner contre elle cette même balance. Si Annibal, avec le ſecours de ſes Alliés, fût parvenu à opprimer Rome, il eſt certain qu'il eût fallu alors ſe réunir contre Car-thage. Chez les Nations modernes, Veniſe s'étoit empa-rée de la balance de l'Italie, il fallut la lui arracher, ſes uſurpations forcèrent l'Europe d'oublier tout autre intérêt, pour former contre elle cette étonnante Ligue de Cam-brai. La France a depuis tenu la balance contre l'Autri-che, l'Angleterre contre la France ; toutes ces Puiſſances ont pour le moins cauſé des alarmes à leur tour.

modérés & juftes ; mais qui pourra yfor-
cer les Rois ? Qui ? eux-mêmes. Seuls ils
ont ce droit & ce pouvoir. Dieu qui
tenez leurs cœurs dans vos mains, faites
qu'ils veuillent enfin le bonheur du monde ! La guerre entre particuliers eût détruit la race humaine, en fon berceau,
les hommes fe font unis & les familles
fe font étendues ; la guerre eût encore
détruit ces familles, elles fe font encore
unies & les fociétés fe font formées ;
que refte-t-il, finon que les Chefs de ces
fociétés s'uniffant à leur tour, forment
la fociété univerfelle (c) ?

_____

(c) Comment les Sociétés fe font-elles formées ? Par
la rénonciation abfolue au droit que la Nature fembloit
donner à tout homme fur toutes chofes, par le facrifice
des intérêts particuliers fait à l'intérêt public, par la réunion de toutes les volontés en une volonté unique, ar-
mée du pouvoir coactif & coercitif, chargée de rendre
juftice à tous. C'eft par les mêmes nœuds & fous les
mêmes conditions qu'il faut que les chefs des Sociétés
s'uniffent. Sans un Tribunal politique des Rois, pareil-
lement armé du pouvoir coactif & coercitif, tous les
traités de Puiffance à Puiffance n'ont pas plus de force,
que n'en auroient les contrats entre Particuliers, fans
les Tribunaux de Juftice, qui les font exécuter. En
Europe, les fréquentes alliances ont fait de toutes les
Maifons Souveraines une feule famille, mais c'eft dans
le fein des familles que naiffent les procès, & jufqu'à
préfent les Guerres ont été les procès des Rois, comme
elles le font entre particuliers dans l'Etat Sauvage, il
faudroit qu'elles fe réduififfent enfin à des procès ordi-

Mais cette union aura des conditions;

naires, qui fuffent jugés fans appel à la Diéte perpétuelle
des Rois. Ce projet d'un nouveau Tribunal Amphictionique, ce projet conçu par Henri IV, approuvé par Sully,
formé long-temps auparavant par Elifabeth, (qui paroît
en avoir donné l'idée à Henri IV) , adopté de leur temps
par plufieurs Souverains, goûté depuis par des Princes
éclairés, (tels que le Duc de Bourgogne, père de
Louis XV) , développé par l'Abbé de S. Pierre, expofé
avec plus d'énergie & de précifion par un homme élo-
quent, ce projet paroît être jufqu'à préfent ce que l'homme
a imaginé de mieux pour le bonheur de l'homme.

Des perfonnes éclairées penfent que l'influence de
certains Arts fur l'Art de la Guerre, que les progrès de
l'artillerie, par exemple, pourroient amener naturellement
la pacification générale, en démontrant la certitude ou
l'impoffibilité du fuccès, & en foumettant les événemens
au calcul par l'évaluation des forces. Diverfes raifons
m'empêchent de le croire. 1°. Le jeu de la politique fera
varier fans ceffe par les négociations & les intrigues la
fomme des forces refpectives. 2°. Les découvertes de
détail, les reffources imprévues des talens particuliers,
les divers degrès d'induftrie dans la manière d'employer
les mêmes arts, fe refuferont au calcul, comme les divers
degrés de valeur s'y refufoient autrefois. 3°. Le génie
des Généraux, l'activité, la vigilance, les intelligences,
les furprifes peuvent encore procurer des avantages dif-
ficiles à évaluer. N'y eût-il que les caprices de la for-
tune, ils peuvent démentir tous les calculs, & il n'en
faut pas davantage pour nourrir les erreurs de l'efpérance
& l'illufion des paffions qui confeillent la Guerre. Mais
l'idée que l'on combat ici, offre du moins une obfervation importante. On ne peut fe diffimuler que la décou-
verte de la poudre & les progrès de l'artillerie, n'ayent
entièrement changé l'idée de la valeur. La valeur étoit
autrefois la jufte confiance qu'infpiroient à un Guerrier
la force & l'adreffe, qualités toujours très-exercées chez
les Héros de l'antiquité. Aujourd'hui c'eft l'inébranlable
intrépidité avec laquelle ce Guerrier attend dans fon

l'orgueil du Diadême fubira donc des Loix (d) ?

Non, mais les Rois, pour l'intérêt général, pour leur intérêt particulier, fe foumettront librement au Tribunal des Rois, dont ils feront tous membres, & dont chacun d'eux fera le Chef à fon tour.

Mais qui fe chargera de former cette union, de raffembler tous ces Rois dans une ligue commune ? Qui ? celui qui en

---

pofte une mort fouvent démontrée inévitable par les loix de la Phyfique. La valeur étoit autrefois du courage, aujourd'hui c'eft proprement de la fermeté ; or les procédés des Arts étant ainfi fubftitués aux qualités perfonnelles, & les balles dont le fifflement formoit une mufique fi agréable aux oreilles de Charles XII, pouvant dans une direction différente, caffer infailliblement la tête d'un Héros tel que lui, en partant de la main d'un poltron, même maladroit, il eft évident que la Guerre eft devenue beaucoup plus abfurde pour nous qu'elle ne l'étoit dans fon origine fauvage & barbare, où la fupériorité étoit du moins décidée par les qualités perfonnelles, & c'eft une raifon de plus de rechercher la Paix.

(d) Eh ! dans l'Etat de guerre les Rois ne fubiffent-ils pas tous les jours les loix de la force & de l'injuftice ? On leur propofe de s'impofer eux-mêmes les loix de la raifon & de l'équité, & on leur en montre le prix : la poffeffion sûre & paifible de leurs Etats ; leurs droits réglés fans délais, fans incertitudes, fans dépenfes, fans rifques ; la Paix au dehors & au dedans ; l'accroiffement de richeffes, &c. Ce qu'on dit ici des Rois s'étend évidemment à tous les Chefs ou repréfentans des Sociétés, quelle que foit la forme du Gouvernement

fera digne ; le plus grand des Rois fans doute, puifque ce fera le plus bienfaifant. O petit-fils de Henri IV, ne cédez à perfonne un honneur auquel le fang & la vertu vous donnent tant de droits ! François, vous vous attendriffez au nom de Henri IV, vous favez s'il vouloit vous rendre heureux, ah ! pour l'aimer encore davantage, fongez qu'il vouloit fonder votre bonheur fur celui de l'Europe, fongez que fans le couteau de Ravaillac, il alloit confommer ce grand ouvrage d'une Paix éternelle ! Mais fon plan lui furvit, fon ami nous l'a tracé. Que le préjugé oppofe fes routines antiques, le bel efprit fes dédains fuperficiels, la Philofophie même fes doutes févères, Sully les a prévenus, fa foi paffa par toutes ces épreuves. A peine fon maître put-il obtenir de lui fur cet article quelques momens d'attention ; des refpects forcés, un éloge ironique furent tout l'accueil dont il honora les premières ouvertures de cette généreufe entreprife ; mais il comprit enfin que Henri IV s'occupant du bonheur des hommes, méritoit d'être écouté par Sully ; alors la verité l'accabla, ou plutôt elle le pénétra d'une lumière délicieufe, il répara

pour toujours, par une admiration réflé-
chie, les torts d'une prévention téméraire.
Elifabeth, la plus éclairée, la plus impé-
rieufe des Souveraines, qui gouverna
l'Angleterre en Monarque abfolu, vou-
lut donner l'exemple de fe foumettre au
Confeil amphictionique.

Maintenant raifonneurs aimables &
frivoles, fi dans vos converfations légè-
res, fi dans vos foupers fi délicats & fi
triftes, vous connoiffez mieux les refforts
du cœur, l'art de régner & les bornes
du poffible qu'Elifabeth, Henri & Sully,
allez, rampez dans la route du crime,
fuivez la trace du fang, égorgez-vous.
Moi, je ne cefferai de protefter contre
cette indifférence pareffeufe & coupable, qui s'obftine à faire du mal, parce
qu'on en a toujours fait, qui craint de
faire le bien, parce qu'il eft fans exemple. Efclaves de l'autorité! vous voyez
du moins qu'il a de grands noms en fa
faveur; enfans de la raifon, je vous aver-
tis qu'un citoyen refpectable, dont on
n'a vanté que le zèle, & dont on auroit
pu traiter plus favorablement les lumières, a porté jufqu'à la démonftration la
poffibilité, la néceffité même d'exécuter
le projet de Henri IV. Que ne puis-je

expofer ici fes raifons, & les animant
d'une force nouvelle, les graver en traits
de feu dans toutes les ames ! O mortels !
je vous mène du moins à la fource du
bonheur (e), c'eft à vous d'y puifer !

(e) On ne prétend pas nier que ce projet n'ait des
difficultés, dont la plus grande fera toujours de vouloir
fermement l'exécuter. Mais, que l'on veuille feulement,
& les difficultés s'applaniront ; que les efprits foient fans
ceffe tournés vers la modération, la juftice & la bienfaifance, on verra la Paix naître de la Paix, comme la
Guerre renaît à tout moment de la Guerre. Peut-on
fe défier de l'induftrie humaine, après les prodiges qu'elle
a opérés en tout genre ? Eh ! que n'a-t-elle pas imaginé
dans cet art fatal de détruire ? Ne fera-t-elle impuiffante
& ftérile que dans l'art de conferver ?

La frivolité, pour fe difpenfer de tout examen, ré-
péte nonchalament les mots de *République de Platon*,
de *rêves d'un bon Citoyen*, République de Platon ! Eh
bien, cette République même, eft-ce tellement une
chimère, que le Gouvernement de Lacédémone ne l'ait
fait voir en partie réalifée long-temps avant Platon ?
Rêves d'un bon Citoyen ! Eh bien, s'ils font d'un bon
Citoyen, ne méritent-ils pas au moins qu'on s'efforce
de les effectuer ? L'utilité du projet de Henri IV eft
fenfible ; le Duc de Sully & l'Abbé de S. Pierre ont dé-
montré la poffibilité de l'exécution ; ils ont fait voir
dans le plus grand détail, que l'intérêt particulier de
chaque Puiffance étoit parfaitement d'accord fur cet
objet, avec l'intérêt général. On ne répétera point ici
leurs raifons, ce feroit la matière d'un ouvrage, & cet
ouvrage eft fait ; mais on croit devoir s'arrêter fur une
objection, qui paroît diffimulée, ou du moins un peu
négligée dans l'Abbé de S. Pierre.

Le Tribunal Amphictionique, a, dit-on, été peu
utile à la Gréce, il n'a point coupé la racine des Guerres
dans l'étendue de fa Jurifdiction.

Peuples, relifez avec le vertueux Saint
Pierre, ce monument de l'ame d'un bon
Roi, arrofez-le de vos larmes, que vos
vœux, que vos foupirs en demandent fans
ceffe l'exécution aux Rois qui vous gou-

Je répons, 1°. Que cet établiffement n'étoit qu'un
effai, fort éloigné de la perfection dont il eft fufcepti-
ble, & que les lumières actuelles pourroient lui donner.
   2°. La Gréce étoit entourée de Voifins, qui influoient
trop fur fes affaires, & qui traverfoient l'exécution des
Arrêts du Tribunal Amphictionique, comme l'Abbé de
S. Pierre l'obferve relativement aux troubles du Corps
Germanique, qui naiffent de la même fource. Il en eft
de même de toutes les Républiques Fédératives. Sans
les influences du dehors, la confédération procureroit à
tous les Etats, qui la compofent, la Paix, la fûreté qu'on
voit régner parmi les Citoyens d'un même Etat. La
Suiffe, à la faveur des Loix de fa confédération, eft
libre & heureufe dans fes montagnes, parce que fa fté-
rilité excitant peu l'ambition de fes Voifins, les influences
étrangères agiffent peu fur elle. Au contraire la fertile
Italie a toujours tendu a former une République Fédé-
rative, fans avoir pu y parvenir, parce que de trop
grandes Puiffances ont toujours eu un trop grand intérêt
à la troubler. Mais dans toute confédération, tout le
bien vient de l'union des Membres, tout le mal vient
de la jaloufie de leurs Voifins. Or dans le plan de pacification univerfelle, point de Voifins jaloux ou inquiets
qui foient à portée d'exciter des troubles.
   3°. Il feroit injufte d'exiger que le Tribunal Amphictionique eût fait ceffer toutes les guerres dans la Gréce,
il fuffit, pour prouver fon utilité, qu'aucune Puiffance
Amphictionique n'ait pu en braver l'autorité, fans être
accablée par les forces de l'affociation ; or, c'eft ce que
je vois prefque toujours arriver. Les Dolopes refufent de
payer l'amende à laquelle le Tribunal Amphictionique
les a condamnés, ils font chaffés de l'Ifle de Scyros ; les

vernent, au Dieu qui gouverne les Rois. Préparez de loin cet heureux ouvrage par la culture des vertus fociales, par l'attention à entretenir la Paix avec tous les hommes, par l'obfervation fcrupuleufe de ces égards mutuels, qui font le lien des cœurs & le charme de la vie! Réfervez pour la modération les éloges trop prodigués à la turbulence ; placez la bienfaifance fur les autels de la gloire ; que votre jeuneffe nourrie de tendreffe & de vertus, en retrouve par-tout des leçons & des exemples, & que votre vieilleffe honorée, confolée, en recueille les fruits. Méritez fur-tout par votre amour pour vos Rois, qu'ils s'occupent de vos intérêts, qu'ils travaillent à votre bonheur.

Rois, méritez d'être les inftrumens du bonheur public, préparez chez vous la pa-

---

Phocéens réfiftent à un pareil Arrêt, rendu contre eux par le même Tribunal, ils font écrafés, & leur place parmi les Amphictions eft remplie par les Macédoniens ; c'eft ainfi que la Tribu de Benjamin fuccomba autrefois fous l'effort des autres Tribus réunies ; c'eft ainfi que les Loix de l'affociation doivent toujours prévaloir. Il feroit inutile d'objecter que l'Arrêt rendu contre les Phocéens, pour avoir labouré un champ confacré à Apollon, étoit injufte & fuperftitieux ; la fuperftition, appuyée de l'autorité légitime, a droit de faire refpecter fes Oracles, & le rebelle a toujours tort.

tification univerfelle par la douceur d'un
gouvernement modéré , dont l'univers
puiffe voir les principes & les refforts !
C'eft au vice, c'eft au menfonge à craindre
& à fe cacher. La vertu ne connoît que
les voiles de la modeftie & non ceux de
la défiance. J'aime à voir le Conful Læ-
vinus promener dans tout fon camp les
efpions de Pyrrhus ; j'aime encore plus
à voir Louis IX reduire toute la politique à la fimple équité , & dire aux
Nations : *voyez & jugez*. Què parlez-
vous, Princes Machiavelliftes , de fecrets
d'Etat, de myftères politiques ? Eh ! ren-
dez vos peuples heureux, & donnez vôtre
fecret à tous les Rois ! Que vos ennemis,
(mais bientôt vous n'en aurez plus) que
vos voifins vous obfervent , ils verront
un père qui fait du bien, & une famille
immenfe qui le bénit. Que ce fpectacle
leur ferve de fupplice, s'ils ne favent que
l'envier ; qu'il leur ferve d'exemple, s'ils
font dignes de l'imiter !

F I N.

A P P R O B A T I O N.

J'Ai lû par l'ordre de Monſeigneur le Vice-Chancelier, un Manuſcrit intitulé : *Diſcours ſur les Avantages de la Paix* , & je n'y ai rien trouvé qui m'ait paru devoir en empêcher l'impreſſion. Fait à Paris ce 27 Décembre 1766.

SAURIN.